SOCIÉTÉ FRATERNELLE

DE

LA BIJOUTERIE.

PARIS,

IMPRIMERIE DE POUSSIELGUE,

rue du Croissant, 42.

1849

SOCIÉTÉ FRATERNELLE

DE

LA BIJOUTERIE.

DÉCLARATION DE PRINCIPES.

Hommes de progrès et de paix ; considérant que l'association libre est la seule voie qui mène pacifiquement à la réalisation de toutes les améliorations sociales ; non-seulement pour la classe ouvrière, mais pour la société tout entière ;

Convaincus de cette vérité, et voulant participer et faire participer nos frères aux avantages qui en découlent ; persuadés que de son application intégrale seulement le *droit au travail* pourra se réaliser ; que ce droit au travail est le seul admissible par des hommes à moitié libres, car ce n'est que de lüi qu'ils peuvent attendre leur complet affranchissement ; qu'avec lui, le droit à l'assistance ne sera plus une aumône, car il se pratiquera alors entre frères, entre égaux, et non entre riches et pauvres, entre maîtres et salariés.

En conséquence, nous repoussons en principe, *le droit à l'assistance,* puisqu'il ne peut être que le résultat du droit au travail, le seul donc qu'il nous importe de conquérir.

Pour développer notre idée nous disons :

LE	LE
DROIT AU TRAVAIL,	**DROIT A L'ASSISTANCE,**
C'EST	C'EST
LA DIGNITÉ.	**LA DÉGRADATION.**
La liberté individuelle et corporative,	L'aumône,
L'égalité politique et sociale,	L'asservissement matériel et intellectuel des castes, l'une par l'autre,
La fraternité émulative,	Influence d'argent dans les élections,
Garanties pour la vieillesse,	Favoritisme,
Abolition de la misère, c'est-à-dire :	Antagonisme entre les maîtres et ouvriers,
Abolition du vol, de la prostitution, des bagnes et de l'échafaud ;	Consécration de la misère, par le dégoût et la paresse ;
Résultat :	Résultat :
LA PAIX.	**LA GUERRE SOCIALE.**
Par l'égalité entre les citoyens.	*Par la consécration des castes.*

Bes résultats sont incontestables pour quiconque a étudié ces deux principes. Poser le droit à l'assistance, c'est nier le droit au travail ; poser au contraire le droit au travail, c'est consacrer le principe de fraternité qui en dérive infailliblement, et dont le droit à l'assistance n'est que la singerie.

Notre but ainsi clairement défini : *conquête pacifique du droit au travail par l'association volontaire.*

Nous avons arrêté entre nous tous, ouvriers bijoutiers ou de toute autre partie se rattachant à la bijouterie, qu'une Société serait immédiatement formée entre les susnommés comme premier moyen à employer pour atteindre le but posé plus haut.

La position exceptionnelle de la bijouterie ne nous permettant pas d'entrer immédiate-ment, comme beaucoup d'autres corporations, dans la voie la plus directe, c'est à dire : l'association professionnelle active ; nous devons indiquer une autre route et les moyens que les ouvriers en s'unissant créeront et pourront employer.

En conséquence, nous disons : la Société fraternelle des ouvriers bijoutiers, graveurs, sertisseurs, etc., etc., ne pouvant dès aujourd'hui s'organiser en association professionnelle, devra constamment chercher à atteindre ce résultat. La nécessité de grands capitaux entravant la réalisation de cette Association, on avisera sans délai à la formation d'un capital social, au moyen de cotisations mensuelles, au chiffre déterminé par le réglement.

Bien que confians dans la force du principe qui va se dévelopant chaque jour, et qui nous gagne continuellement de nouveaux adhérens, même parmi les patrons, qui viendront, lors de la réalisation, unir leurs capitaux aux nôtres.

Bien que confians, disons-nous, dans la marche du progrès, nous pensons que l'époque où nous pourrons établir une fabrique associée est peut-être encore trop éloignée pour que nous consacrions exclusivement à ce but le fruit de nos épargnes ; en raison de ce motif, et ne pouvant laisser inactif pour la Société un capital qui peut avoir un emploi utile, nous avons décidé qu'une partie en pourra être employée soit à aider d'autres associations d'ouvriers, soit à soutenir nos Sociétaires contre les exigences et l'arbitraire des patrons, soit enfin pour frais de propagande nécessaires à l'extention de notre Société ou de nos principes.

Pour l'autre part, elle pourra être placée dans une caisse d'épargne, banque du peuple ou autre établissement, d'après le choix déterminé par le vote en assemblée générale.

Ce capital, dans tous les cas, devra être placé dans de telles conditions que la Société puisse le retirer et en disposer dans un court délai, de telle sorte que nous puissions avoir toutes prêtes les sommes qui pourraient nous mettre à même de profiter de telle occasion ou parer à telle difficulté qui pourraient se présenter ; en un mot, d'avoir en main ce qui seulement rend une Société puissante et capable d'agir :

LE CAPITAL.

Nous nous résumons : l'Association que nous voulons fonder ne pouvant l'être aujourd'hui faute d'argent, notre Société doit appliquer tous ses efforts à préparer son établissement.

Une condition indispensable pour rendre les efforts fructueux ; c'est l'union qui, faisant converger les forces, rend tout possible. c'est pourquoi nous faisons un appel à tous.

Pour être logique, notre Société ne peut être exclusivement Société de secours mutuels, ou Société de prévoyance, son but étant le progrès : elle est tout cela.

Ce but déterminé, tenant compte du mouvement qui s'opère en dehors d'elle et qui réagit sur elle, elle ne peut ni ne doit préciser l'heure et les moyens à employer pour y atteindre; elle doit se réserver la faculté de se servir des matériaux que des événemens imprévus pourraient mettre à sa disposition. Elle ne procédera donc pas par voie d'exclusion; car, en satisfaisant à toutes les exigences, à tous les sentimens, à tous les besoins, elle doit ouvrir son

sein à tous. A vous, partisans des Sociétés mu-
tuelles et de prévoyance ; à vous, apôtres de la
solidarité, elle dit : Au nom de cette solidarité
que vous invoquez, venez aider vos frères pour
édifier l'Association industrielle, et votre con-
cours sera largement payé par les résultats de
cette organisation nouvelle. A ceux qui veulent
organiser des Sociétés de résistances contre
l'arbitraire ; elle dira aussi: Unissez-vous à
vos frères ; venez vous fondre avec eux, appor-
tez votre pierre à l'œuvre commune, et la cause
que vous voulez faire triompher, triomphera si
elle est juste ; car du jour où vous serez avec
eux, votre cause sera la leur ; vous êtes deux
cents, demain, vous serez deux mille. On rit de
vos efforts, demain on comptera avec vous ; la
faim vous soumet au capital ; demain, au capital
vous opposerez le capital. Vous tous enfin qui
voulez vous affranchir de l'exploitation, sous
quelque forme qu'elle se présente : exploitation
de la misère, du capital ou autre ; vous qui vou-

lez votre part de bien-être ; vous, qui voulez gagner votre pain de chaque jour par le travail, unissez-vous à nous, car tous ces vœux sont les nôtres ; serrons-nous donc sous le même drapeau ; là seulement est la solution de tous les problèmes sociaux, la réalisation de nos espérances, car le drapeau s'appelle UNION et a pour devise :

DROIT AU TRAVAIL PAR L'ASSOCIATION LIBRE.

STATUTS.

La Société est représentée par une commission de dix-sept membres.

Formation de la commission.

BUREAU. —Un président, deux vice-présidens, un secrétaire, un secrétaire-adjoint, un trésorier, un trésorier-adjoint.

CONSEIL DE FAMILLE. — Dix membres, se nommant un président.

La Société se divise en sections de cent et de dix Sociétaires ; chaque section aura son chef.

ARTICLE PREMIER. La commission tout entière sera élue par le suffrage de tous, en assemblée générale.

ART. 2. Cette commission choisira dans son sein sept membres pour former le bureau. Les dix membres restans formeront le conseil de famille.

ART. 3. Les membres de la commission, nommés par le suffrage de tous, doivent en retour à la Société, qui les a honorés de sa confiance, l'exactitude la plus grande.

ART. 4. Chaque manquement aux séances de l'un

de ses membres faisant partie de la commission, sera consigné au procès-verbal.

Art. 5. Aux réunions de trimestre, le bureau rendra compte de sa gestion, et fera part à l'assemblée de l'exactitude de ses mendataires.

Art. 6. Tout membre qui aura manqué trois fois aux réunions du comité sera démis de ses fonctions et soumis à une nouvelle élection.

Art. 7. La durée de la gestion, pour toute la commission, est fixée à un an. Les membres en faisant partie pourront être réélus.

Attributions du bureau.

Art. 8. L'ordre du jour appartient au président et sera indiqué, à la fin de chaque séance, pour la séance suivante, sans préjudice pour les questions d'urgence. Il rappelle à l'ordre tous ceux qui s'écarteraient des règles et convenances dues à toute assemblée.

Art. 9. Le procès-verbal ou compte-rendu des travaux faits par l'assemblée dans sa dernière réunion, plus ceux du conseil de famille, sera lu à l'ouverture de chaque séance, par un de ses secrétaires.

Art. 10. Le caissier-trésorier tiendra le régistre de l'état de recettes et dépenses. Toute somme dépassant 100 fr. sera déposée dans les caisses publiques ou autres, suivant le vote de l'assemblée, par le trésorier, assisté du président et d'un secrétaire, au nom de la Société.

Art. 11. Un membre que le comité aura désigné sera dépositaire du livret et de tout papier représen- tant une valeur.

Attributions du conseil de famille.

Art. 12. Il examine les propositions qui lui seront renvoyées, remplira les fonctions de comité de conci- liation, examinera les griefs qu'on pourrait faire va- loir contre l'admission d'un ouvrier dans la Société; enfin, il formera, avec les membres du bureau, le con- seil chargé de présenter au vote de l'assemblée tou- tes les améliorations que l'état des finances de la So- ciété permettrait d'introduire dans son organisation comme Société de secours.

Garanties.

La Société ne devant jamais rien perdre.

Art. 13. Tous les membres de la commission sont solidaires les uns des autres.

Art. 14. Le comité en masse est responsable en- vers la Société des sommes produites par la coti- sation.

Art. 15. le trésorier relève du comité envers lequel il est responsable des valeurs à lui confiées.

ART. 16. Le caissier ne pourra faire emploi des fonds déposés que sur un bon du président, et d'après une décision prise par la commission.

ART. 17. Tout membre a droit à la vérification des régistres, qui seront déposés sur le bureau à cet effet, une demi-heure avant l'ouverture des séances.

ART. 18. Un secrétaire et le caissier devront toujours rester près des livres.

Admission.

ART. 19. Pour être admis dans la Société, il faut être ouvrier bijoutier ou de tout autre état se rattachant à la bijouterie.

Les ouvriers à façon ne sont pas admis.

Sont considérés ouvriers à façon tous ceux qui établissent chez eux pour des fabricants.

ART. 20. Tout sortant d'apprentissage devra être présenté par deux membres.

ART. 21. Une carte d'admission sera délivrée à chaque Sociétaire en échange du premier versement de sa cotisation.

ART. 22. Cette carte servira d'entrée aux séances.

Cotisations.

ART. 23. La cotisation est provisoirement fixée à 1 franc, jusqu'à ce que la Société juge convenable d'en élever le taux. Cette mesure ne pourra être prise que sur le vote d'une majorité composée des trois quarts des membres présens.

Art. 24. La perception de cette cotisation s'effectuera à la fin de chaque séance, lesquelles auront lieu le dernier dimanche de chaque mois.

Art. 25. Tout Sociétaire qui, pendant trois mois consécutifs, n'aura pas effectué le versement de sa cotisation, sera considéré comme démissionnaire et sera déchu de tous ses droits, la cotisation devenant la propriété de la Société; à moins qu'il ne justifie l'impossibilité où il se trouve de satisfaire au réglement par cause de manque d'ouvrage.

Dispositions générales.

Art. 26. Toute proposition, verbalement ou par écrit, émanant d'un membre de la Société sera faite au président, qui en donnera connaissance à la Société, laquelle votera le rejet ou l'acceptation de la proposition et son renvoi au conseil de famille; on la discutera séance tenante, si elle en reconnaît l'urgence.

Art. 27. Le présent réglement pourra être modifié par trimestre; le vœu de l'Assemblée se manifestera dans ce cas, comme toujours, par le vote de l'Assemblée générale.